MARTHA SPEAKS™

Play Ball!

MARTHA HABLA

¡Juega al sófbol!

Adaptation by Marcy Goldberg Sacks
Based on a TV series teleplay written by Susan Kim
Translated by Carlos E. Calvo

...sed on the charac̶t̶e̶... ...ısan Meddaugh

HOUG̶... ...T

Adaptación de Marcy Goldberg Sacks
Basado en un guión para televisión escrito por Susan Kim
Basado en los personajes creados por Susan Meddaugh
Traducido por Carlos E. Calvo

Design by Rebecca Bond

www.hmhbooks.com
www.marthathetalkingdog.com

ISBN 978-0-544-22054-6 paper-over-board
ISBN 978-0-544-22059-1 paperback

Manufactured in China
SCP 10 9 8 7 6 5 4 3 2 1
4500452651

AGES	GRADES	GUIDED READING LEVEL	READING RECOVERY LEVEL	LEXILE® LEVEL	SPANISH LEXILE® LEV
5–7	K–2	I	15–16	310L	250L

Martha loves to play catch.

A Martha le encanta jugar a atajar la pelota.

She asks her friend Truman to throw the bal
to her.
"Sorry, Martha," says Truman. "I don't want
to play."

Le pide a su amigo Truman que le lance la
pelota.
—Lo siento, Martha —le dice Truman—. N
quiero jugar.

"I want to be a hobo," Truman says.
"My book says hobos ride on trains.
They even sleep outdoors.
Would you like to come with me?"

—Quiero ser un vagabundo —dice Truman—.
En el libro dice que los vagabundos viajan en
los trenes.
Y hasta duermen al aire libre.
¿Quieres venir conmigo?

"Sounds like fun!" says Martha.
"When can we go?
I have to be home for dinner."

—¡Suena divertido! —dice Martha—.
¿Cuándo nos vamos?
Tengo que estar en casa para la cena.

But Truman tells her,
"Hobos never come home."
Martha is worried.
Why do you want to
leave home?"

Pero Truman le dice:
—Los vagabundos nunca
regresan a casa.
Martha se preocupa.
—¿Por qué quieres irte de casa?

"We have a softball game
tomorrow," says Truman.
"The coach says I have to play.
But I can't catch the ball!"
"Barking bloopers!" says Martha.
"I'll give you catching lessons.

—Mañana hay un partido de sóftbol
—dice Truman.
El entrenador dice que debo jugar.
¡Pero no puedo atajar la pelota!
—¡No metas la pata! —dice Martha.
Te daré lecciones para atajar la pelota.

All it takes is practice.
Trust me—I'm an expert!"

Lo único que se necesita es práctica.
Confía en mí. ¡Soy una experta!

Martha and Truman go to the park.
They see their friends.
They see Alice throw a ball to Skits.

Martha y Truman van al parque.
Ven a sus amigos.
Ven que Alice le lanza la pelota a Skits.

"Skits is an expert ball catcher too,"
says Martha.
"And Alice is an expert thrower."

—Skits también es un experto en
atajar la pelota —dice Martha—.
Y Alice es una experta lanzadora.

Alice throws the ball to Truman.
"Don't be afraid of the ball!"
she says.

Alice le lanza la pelota a Truman.
—¡No le tengas miedo a la pelota!
—le grita.

The ball is your friend,"
Martha tells him.
Right, Skits?"
Skits says, "Woof!"

—La pelota es tu amiga
—le dice Martha—.
No es cierto, Skits?
—¡Guau! —opina Skits.

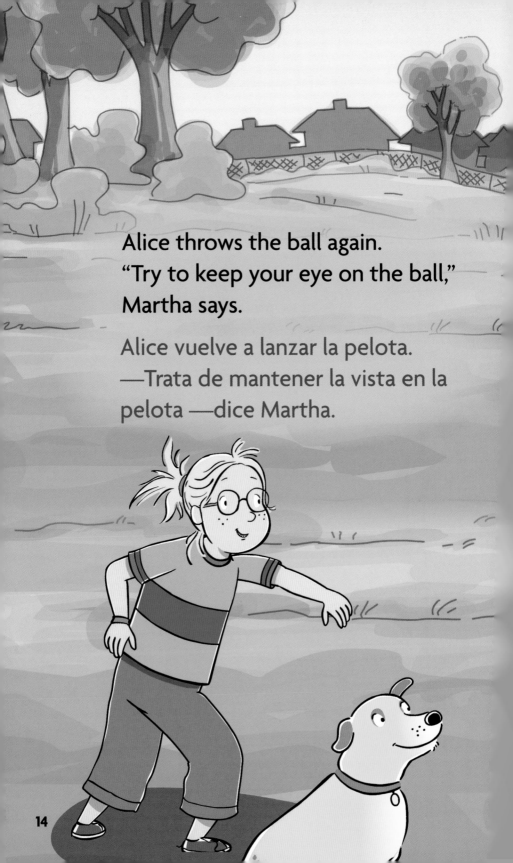

Alice throws the ball again.
"Try to keep your eye on the ball,"
Martha says.

Alice vuelve a lanzar la pelota.
—Trata de mantener la vista en la
pelota —dice Martha.

Whoosh. Plop. Drop.
The ball hits Truman's glove and falls out.
"Squeeze the glove," Martha says.

Zum. Plop. Toc.
La pelota choca contra el guante de
Truman y cae al suelo.
—Cierra el guante —le dice Martha.

They practice all day.
Toss. Miss. Toss. Miss. Toss.
Catch!

Practican todo el día.
Lanza. Falla. Lanza. Falla. Lanza.
¡Ataja!

Finally Truman holds on to the ball.
Alice and Helen cheer.
Martha is a good coach.

Por fin Truman agarra la pelota.
Alice y Helen festejan.
Martha es una buena entrenadora.

The next day Truman stands in the outfield.
Smack! The ball is in the air.
It is headed right to him.

Al día siguiente, Truman se para en el campo.
¡Pum! La pelota está en el aire.
Va directamente hacia él.

Truman keeps his eye on the ball.
He puts up his glove.
"The ball is my friend," he says.

Truman mantiene la vista en la pelota.
Levanta el guante.
—La pelota es mi amiga —dice.

Plop. Squeeze. Hooray!
Truman catches the ball.

Plop. Grap. ¡Hurra!
Truman ataja la pelota.

"Throw the ball to second base,"
someone yells.
Oh, no.
Truman is not an expert thrower.

—Lanza la pelota a la segunda base
—grita alguien.
¡Ay, no!
Truman no es un lanzador experto.

"Martha, can you teach me how to throw the ball?" Truman asks.
"Sorry," Martha says. "Dogs can't throw. No thumbs."

—Martha, ¿puedes enseñarme a lanzar la pelota? —pregunta Truman.
—Lo siento —le dice Martha—. Los perros no podemos lanza
No tenemos pulgares.

Match the picture to the word.

Empareja las ilustraciones con la palabra correspondiente.

Glove
Guante

Throw
Lanzar

Catch
Atajar

Coach
Entrenador

Help Truman learn to catch by filling in the blanks. Choose from the following words:

**LESSONS   CATCH   FRIENDS
GLOVE   BALL   THROW   COACH**

Truman did not know how to _____.

Martha gave Truman catching _____.

Martha told Truman to be _____ with the ball.

It is important to keep your eye on the _____.

Truman raised his _____ to catch it.

Martha is a good catching _____.

But Martha does not know how to _____ the ball.

Ayuda a Truman a aprender a atajar, completando los espacios en blanco. Escoge las siguientes palabras:

**LECCIONES   ATAJAR   AMIGOS
GUANTE   PELOTA   LANZAR   ENTRENADORA**

Truman no sabía _____.

Martha le dio _____ para atajar.

Martha le dijo a Truman que fuera _____ de la pelota

Es importante mantener la vista en la _____.

Truman levanta el _____ para atajarla.

Martha es una buena _____ para atajar.

Pero Martha no sabe _____ la pelota.

1. atajar 2. lecciones 3. amigos 4. pelota 5. guante 6. entrenadora 7. lanzar
1. catch 2. lessons 3. friends 4. ball 5. glove 6. coach 7. throw